MELI MELUSZKA

Falas sobre Focinhos e Patas

Tradução e ilustração
ELAINE BOMFIM

MELUSZKA
PUBLICAÇÕES

Copyright © 2025 por Elaine Bomfim. Todos os direitos reservados.
Nenhuma parte deste livro pode ser reproduzida sem a autorização da autor(a).

Gerentes Editoriais
Roger Conovalov / Aline Assone Conovalov

Gerente Comercial
Eduardo Carvalho

Coordenador Editorial
André Barbosa

Revisão
Gabriela Peres / Débora Belmiro

Capa, Diagramação e Ilustrações
Elaine Bomfim

DADOS INTERNACIONAIS DE CATALOGAÇÃO NA PUBLICAÇÃO (CIP)
(Câmara Brasileira do Livro, SP, Brasil)

Bomfim, Elaine
 Falas sobre focinhos e patas / Elaine Bomfim. -- 1. ed.
São Caetano do Sul, SP : Lura Editorial, 2025.

36 p.; 21x21 cm

ISBN: 978-65-5478-174-9

1. Literatura infantojuvenil. I. Bomfim, Elaine. II. Título.

CDD: 028.5

Índice para catálogo sistemático
1. Literatura infantojuvenil

[2025] Lura Editorial
Alameda Terracota, 215, sala 905, Cerâmica – 09531-190 – São Caetano do Sul –SP – Brasil
www.luraeditorial.com.br

www.elainebomfim.com | elainergb@gmail.com | @elainerbg
Meli Meluszka escreveu a história.
Elaine Bomfim elaborou o projeto gráfico, traduziu o texto e ilustrou.
Tairone Acácio Couto fez a primeira leitura do texto.

REALIZAÇÃO:

  MINISTÉRIO DA CULTURA

PRÓLOGO

Acordo. Faço as refeições. Saio para um passeio. Corro, deito, rolo, caço lagartixas, cavo e escondo alguns ossos. Durmo, ladro, durmo. Farejo o ar. Me assombro. Não há mais nada a fazer. É hora de escrever.

À minha tutora, com todo meu amor.
Esse ossinho é nosso.

CACHORROS SONHAM?

Sim, sonham. Deixa eu te contar: um dia, eu corria em casa, cheirando e focinhando tudo ao meu redor, à procura de deliciosos petiscos e divertidas bolinhas. Nada encontrei. Então fui dormir e sonhei, e no meu sonho eu corria, cheirava, focinhava e encontrava todas as bolinhas que desejava e os petiscos mais deliciosos, bem como ossinhos e bichinhos para perseguir! Acordei feliz, sob os carinhos da minha jovem tutora, com quem divido a casa, para receber de suas mãos aquele ossinho com que tanto sonhava.

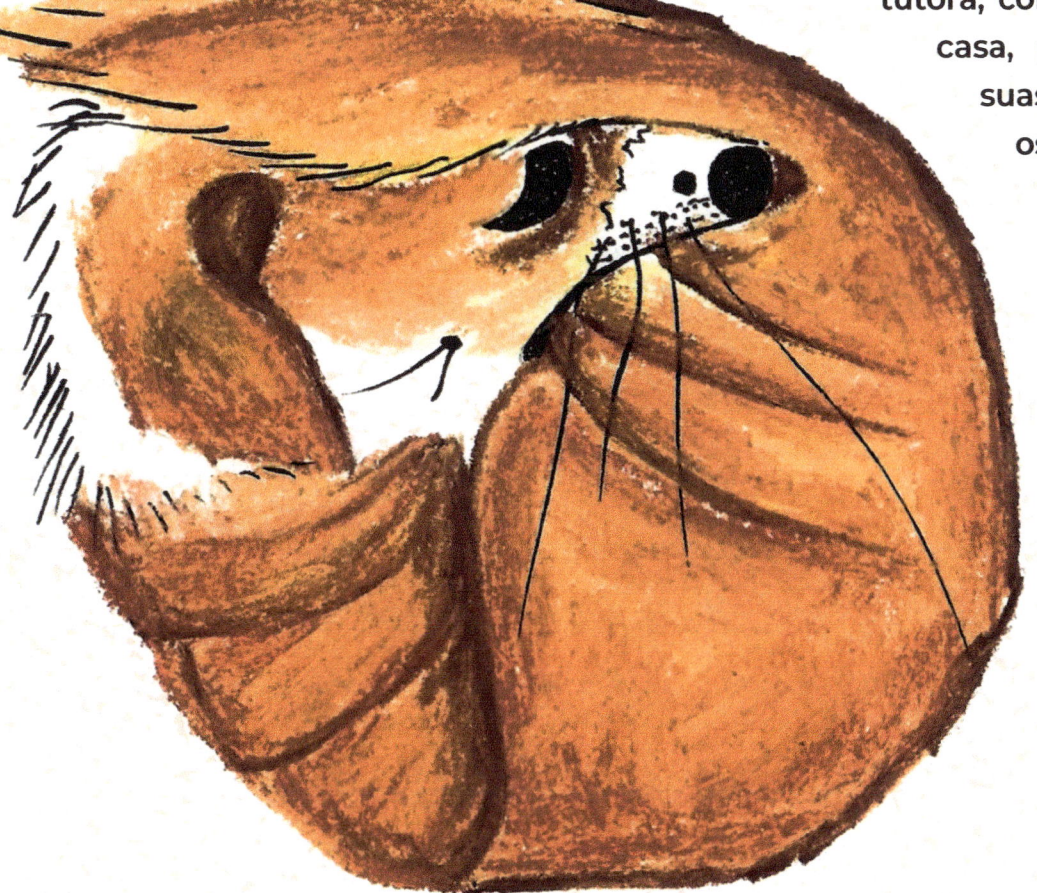

POR QUE VOCÊ PERSEGUE LAGARTIXAS E NÃO ARANHAS?

Porque prefiro lagartixas, as aranhas eu deixo em paz. Não sou de correr atrás delas, porque, há algum tempo, minha adorável tutora leu para mim uma história com a aranha de nome Charlotte, e acabei por simpatizar com a sábia tecedora e toda a sua espécie. Ouvi que as contadoras de histórias também tecem, só que com palavras. Vejam bem, solto tantos pelinhos quanto bordadeiras amarram linhas, e também por isso acabei por simpatizar com todas as aranhas.

Lagartixas são outra história.

MEU CAMINHO – POEMA À BEIRA-MAR Nº 01

Vamos à praia, eu e minha gentil tutora. Corro. Subo e desço dunas. Cheiro. Ouço. Furo as ondas. Cavo. Como tudo o que vejo, e minha prudente tutora corre até mim furiosa e preocupada com o que tenho na boca. Debaixo do sol e sobre a areia, sou livre, sou selvagem; me convoque e eu irei. Descanso aos seus pés, à sua sombra, pois meu caminho é com você, muito além do último dos nossos dias. Sempre.

POR QUE GRAMADOS SÃO TÃO ATRATIVOS?

Por seu frescor. Uma vez na grama, caio de costas, me esfrego, rastejo, desvio de formiguinhas e besouros. Jogo meu corpo de um lado para o outro, contorcendo-me até saltar de uma vez sobre minhas quatro patas. Atenta. Após esse ritual, que se repete em todos os passeios, sentamos, eu e minha silenciosa tutora, ouvindo o vento, em cúmplice comunhão com o momento.

PONDO O MUNDO EM SEU LUGAR

Estou de acordo que o planeta é uma bola, assim vejo no mapa que minha curiosa tutora pregou na parede da nossa casa. Não é mesmo curioso que gire em torno de si mesma, infinitamente? Eu, quando o faço, deito e durmo em seguida.

SOBRE A GRANDE ARTE Nº 01

Gostaria de me ver retratada em um daqueles dourados de Klimt, brilhante e atraente. Vou propor a ideia para a minha talentosa tutora, e ver o que ela alcança.

Pois bem, a brilhante tutora, com toda a sua sensibilidade, retratou-me como um peixe dourado. Fascinante.

QUANDO CHOVE

Gosto de olhar a rua pela varanda, do meu sofá, quando chove. Não quero sair na chuva. Sempre que começa o toró, corro na frente da minha vagarosa tutora, volto, ladro para ela, mostro o melhor caminho para escapar da chuva, e corro novamente. Eu gosto mesmo é que esfria e fica tudo em silêncio, aí eu me aconchego com o focinho no colo dela e durmo.

SAPOS E RÃS

Sapos, já focinhei alguns. Eles são lentos e se fazem de imóveis quando me aproximo. Converso com seus saltos, me sobressalto, o que será que faço? Certa vez, minha bondosa tutora deixou uma rã dividir a casa com a gente, a Kiara. De acordo com meu focinho, ela morou na pia da cozinha por alguns meses, até encontrar um sapinho para chamar de seu e cair fora.

Segundo o que farejo no vento, estão juntos até hoje.

QUEM SALTA NÃO SE SOBRESSALTA

Amo pular! Quando corro, dou saltinhos, quando mergulho, eu pulo, quando me embrenho no capim alto, eu salto. Quico de um lado e salto para o outro. Minha criativa tutora me chama de meu canguruzinho ou minha cabritinha, e eu respondo com mais saltos e lambidinhas.

A MEMÓRIA DA HISTÓRIA

Entre um petisco e outro cochilo, eu reflito sobre a sorte que me faz ter comida farta e um colo quentinho. Fui guiada quando, naquela noite, ao sair com muita pressa para fazer xixi, encontrei a minha esforçada tutora. Assim ela me levou consigo, encantada com meu porte elegante, meus olhinhos castanhos e minha pelagem caramelo. O resto é memória.

VAGANTE

Acontece de vez em quando. Aparentemente sem rumo, vago pela floresta de bambu, farejando o caminho. Já estive aqui antes, os insetos luminosos me reconhecem e me dão as boas-vindas. Minha perspicaz tutora me segue, e sei da responsabilidade: sou eu quem encontro passagem. Enquanto as flores crescem e pássaros de escamas nadam no ar, não temos pressa.

ALGO FORTE

A corajosa tutora que me acompanha não me deixa provar pimentas pois poderia ofender meu estômago. Olhando a paisagem, não faço questão; tudo aqui é meio picante mesmo. Vivo onde é sempre verão, e faz tanto calor, quando chove e quando não. O sol nasce cedo e em máxima potência. Às vezes, o meio circundante pode ser algo forte demais.

PÁSSAROS

Frequentemente, sento-me com minha atenta tutora a observar o vento. Como sopra agradável e faz com que tudo se mova, cabelos, árvores, folhas, nuvens. Alguns pássaros descem até mim, me contam sobre voar alto, mergulhar no vazio, furar nuvens, cheirar a chuva, e em seguida sobem, ascendem, levando consigo a poeira do tempo, deixando ninhos e algumas penas.

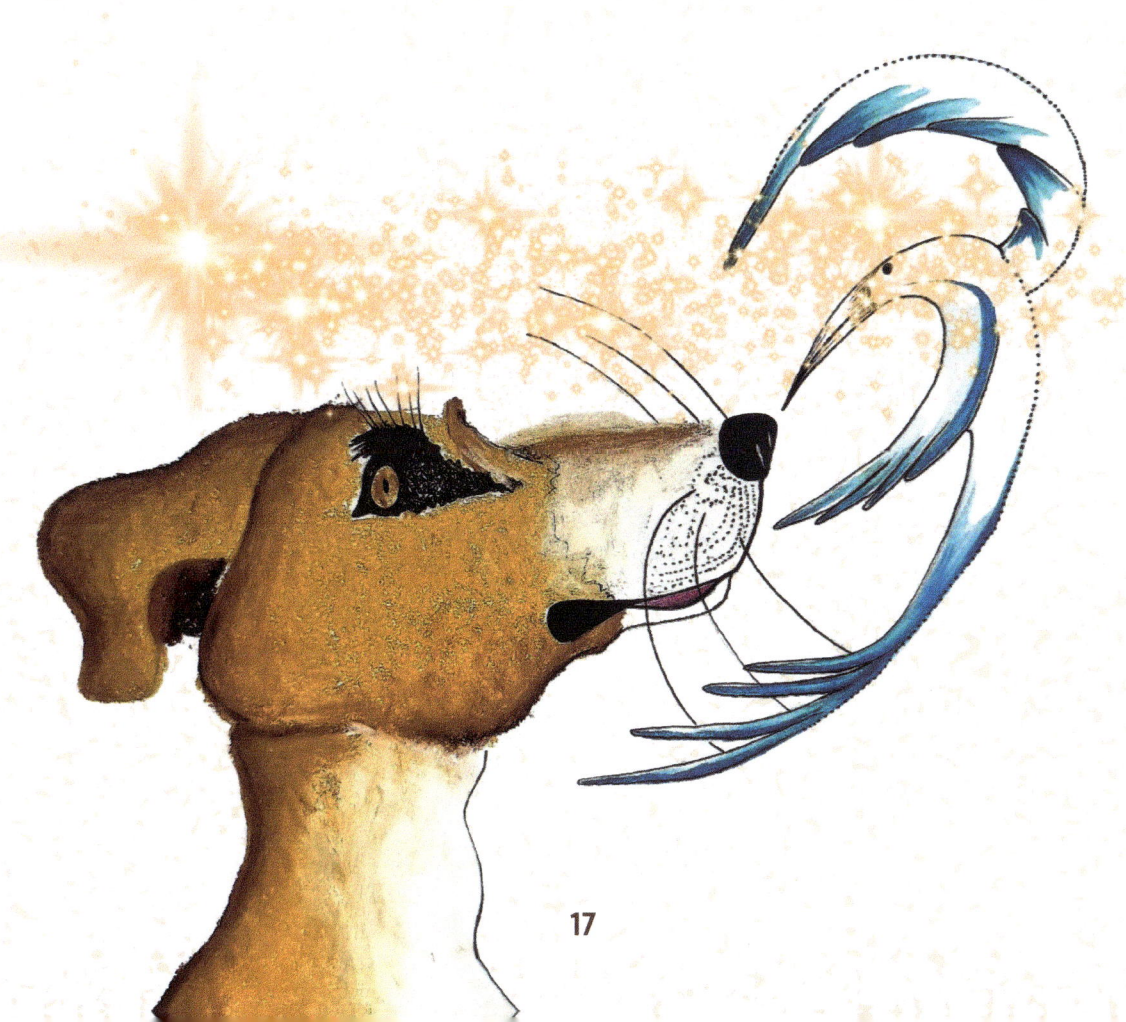

CASTELO

Vamos à praia, e a detalhista tutora que me acompanha nesses passeios adora construir castelos com a areia. Planeja cada torre e decora cada habitação com conchas e pedrinhas enquanto eu prefiro cuidar dos fossos e canais. Eu cavo, busco e encontro o que está escondido e enterrado, geralmente uma daquelas aranhas brancas de praia com grandes patas ou um resto de churrasco de domingo. Às vezes, dou de focinho com algo mais interessante.

QUANDO O RUÍDO FIZER SILÊNCIO

Ouço os sons da cidade, mais além da minha janela. Vozes altas como gritos, sandálias, vassouras, escadas, motores descontrolados, sons que explodem no céu. Não são meus sons, respondo com latidos, às vezes me escondo. Meus sons são o vento, a chuva, os pássaros, as ondas do mar, a presa distante, o chamado para perto. Minha empática tutora fecha a janela enquanto eu me equilibro sobre um punhal.

ANJO DA GUARDA

Minha angelical tutora amacia minha barriguinha enquanto durmo e sonho com anjos. Eles me trazem petiscos e brinquedos e todo tipo de coisas igualmente necessárias, como carinho, conforto, proteção. Ao tempo em que querubins giram ao meu redor e me sussurram ao ouvido, sonho com primaveras.

RAIVA

Quando meu santo não bate, a sensível tutora (que já me conhece de muitos carnavais) me conduz para longe do perigo. Arreganho os dentes, resmungo, bufo e solto ar quente pela trufa na ponta do meu focinho. Nesses momentos, ela é minha salvaguarda.

MAS CACHORROS SONHAM MESMO?

Sim, e também têm pesadelos. Uma vez, num passado distante, afastei-me da minha diligente tutora, perdi o caminho de volta, encontrei um outro alguém e virei um doguinho de espetáculo. Meu show consistia em entrar num palco, selada como um cavalo, enquanto minha pequenina parceira fazia malabarismos sobre mim. Corríamos o picadeiro e ganhávamos aplausos. Com o salário, pagava casa e ração, até ser reencontrada e resgatada por minha obstinada tutora.

SOBRE A GRANDE ARTE N° 02

    Vejo as obras de Botero no livro que me mostra minha sagaz tutora. Como não gostar dessas figuras gordinhas? Ela me corrige: gordo não, volumoso, que é diferente em proporção. Mas eu não dou a mínima, porque adoro a corpulência desses espaços. Uma vez que, quando me coço e quando me enrolo, costumo lançar a patinha bem alto e junto à minha cabeça, sendo retratada como uma bailarina caramelo em todo o esplendor boteriano.

NÉVOA

De repente, a névoa fina cobre o dia; sei que faz frio, ainda que a geada não permaneça por muito tempo, pois meu corpo é quente. Minha abatida tutora se aproxima, e são as lambidas que lavam a camada transparente do tempo que se acumula sobre as retinas.

SOBRE A LIBERDADE

Uso coleiras, guias e peitorais, mas nada me prende. Nem a porta fechada e as grades que a minha ponderada tutora usa para demarcar espaços; nem os horários ou as regras, ou os exames dos veterinários. Eu enfio meu focinho e na pele do tempo vivido consigo cheirar que sou amada, compreendida e respeitada, e não crio a prisão, ela não existe, então, de qualquer forma, sou livre.

SOBRE A GRANDE ARTE Nº 03

Meu mais novo amigo é o jacaré de pele áspera que aparece nesta bela natureza morta feita por minha inventiva tutora. Corro para buscá-lo e levo o pequenino na boca por toda a casa, até quando vou dormir. Acho que gosto da aspereza de sua pele, e do apito que ele faz quando o aperto com meus dentes, tal como um reco-reco quando raspado por uma vareta. É estimulante saber a tessitura da pele de todas as coisas.

CARAMELI

Sorte a minha ter uma tutora leitora que me acompanha nessa jornada terrena para me contar sobre as muitas histórias da Jurema. Sorte a da minha prestativa tutora por eu ser uma CaraMeli encantada que vê nas matas o espírito celestial e que encontra muitos remédios espirituais da natureza.

POEMA À BEIRA-MAR Nº 02

Vou à praia e levo minha prestimosa tutora a caminhar. Corro e fuço e mergulho. Molho minhas orelhas e minha barriguinha na água da margem do mar, onde a espuma encontra a areia. Quem vai mais fundo é minha providencial tutora, que retorna para mais perto quando me vê indo atrás dela. Tem medo de que eu me afogue, imagine! Sou uma nadadora excepcional, mas não gosto de me exibir, por isso a acompanho quando entra na água. Vai que ela precisa de mim?!

Alguns dirão, incautos ou arrogantes, que essas margens são tão profundas quanto um pires; para quem não conhece, toda água pode parecer rasa.

VIVER É PERIGOSO?

Farejo aquelas pequenas aranhas na areia da praia e vou atrás. Cavo buracos para encontrá-las, dou pequenas mordidas e levo alguns arranhões. É um jogo perigoso quando aquelas grandes patas beliscam minha trufa ou minhas orelhas, algumas vezes até subindo no meu lombo. Encontro doguinhos que não conheço, farejo seus rabos, podem ser amigos, podem ser agressivos, tudo pode acontecer. Outra vez, foi um gato que, pé ante pé, olhos arregalados, atacou-me ferozmente. Na febre da batalha, agarrou-se a mim e mordeu de forma brutal, e não fosse a prevenida tutora, seu colo protetor e ainda algum corpo a corpo truculento, não sei o que teria sido. Perigoso, sempre perigoso.

NO TETO DA CASA

    Descanso em formato rosquinha ao mesmo tempo em que minha serelepe tutora, somente por diversão, se pendura no lustre do teto da casa. Sou despertada com um vulto girando de cabeça para baixo gritando: "wheeeeeee!!!" e, com os braços esticados, passar mexendo em minhas orelhas a cada volta. Não fosse eu… encaixo a ponta do meu focinho no finalzinho do meu rabo enquanto espero o exato momento em que terei que a tirar de lá.

FERA HUMANA

Animais são instintivos. Atacam, matam, se alimentam do que matam, e são mortos. Muitos domésticos, como eu, apesar de não precisarmos lutar por abrigo, comida e território, ainda assim caçamos, mordemos, defendemos e atacamos. Além de amor, se malcuidados, também transmitimos doenças. Mesmo eu, esse esplendor castanho e caramelo, que ressona essas linhas para que minha terna tutora digite, protegida integralmente por seu amor, posso afirmar: nada, nada mesmo, é mais selvagem do que uma fera humana. Animais nunca são perversos.

QUANDO O RUÍDO FIZER SILÊNCIO Nº 02

É noite e eu descanso nas pernas da minha remansada tutora. Está à meia-luz e ela lê, eu ouço música, nós em silêncio conversamos. Como foi o dia que passou, como será amanhã, se nos arranjaremos nessa semana, se o próximo ano será eterno. Por quanto tempo seremos.

Uma luz brilha aqui dentro.

TAMANHO

Meu modesto e elegante porte às vezes se torna imenso para pequenas caças e crianças. Às vezes sou enorme, quando em velocidade de guepardo me atiro sobre minha desprevenida tutora, buscando proteção ou brincadeiras. Meu tamanho não me define, mesmo quando na grama do passeio, ainda menores garrinhas, tão pequenas que nem as vejo, espetam meu ventre e minhas patas.

CORRIDA

Ah, correr, correr! Eu sou a corrida. Gosto quando vou à praia deserta para me lançar livremente em todas as direções, jogar-me no chão, mergulhar, subir e descer dunas e perseguir aves.

Vou trotando apenas para que minha ativa tutora me acompanhe, ela que em sua velocidade máxima se assemelha a mim quando era filhote. Vejo esses humanos praticando suas habilidades físicas, e o fazem bem; digo para minha empenhada tutora que humanos em seus estágios ninja alcançam tão somente nossos níveis básicos, no máximo.

QUANDO O RUÍDO FIZER SILÊNCIO N° 03

Me aproximo da minha conhecida tutora. Encosto meu focinho em seu rosto, cheiro seu nariz. Você me cheira e me beija e eu me enrosco em você. É tão bom! Meu rabinho balança e é como se um fogo pequeno e constante no meu peito ardesse.

MELI MELUSZKA

O projeto de escrita de *Falas sobre focinhos e patas* surgiu após uma refeição, enquanto, como de costume, descansava o rabo no sofá. A minha tutora — ao meu lado — tinha o computador em seu colo, o que me gerou uma ideia: escrever um livro. Pensei, estou prestes a fazer sete anos, por que não estrear na senioridade com um livro no qual faço revelações e reflexões sobre meu cotidiano?

E foi assim que, apoiada por minha tutora, escrevi 31 reflexões, uma para cada dia do mês, respondendo a questões que me fazem e que eu mesma me faço, feliz em poder contribuir para a compreensão de aspectos importantes da existência canina e conseguir expressar parte da veia poética que late em mim. Me sinto recompensada!

ELAINE BOMFIM

Ilustrar este livro é uma grande honra. Meli tem sido minha parceira por oito anos, mas é como se nos conhecêssemos a vida toda e não parássemos de nos conhecer por toda a vida. Ela me permite a felicidade de ser sua tutora, e eu só poderia dizer SIM ao convite feito por ela para traduzir suas questões mais essenciais. Espero ter sido tão fiel a seus latidos originais quanto ela tem sido afetuosa comigo.